Illustrations de couverture : Paule Pilard

Paule Pilard

POURQUOI TOUT CA

A Madame Dominique Brunet

Psychologue

Elle m'a appris à vivre.

AVANT-PROPOS

Je vais d'abord me présenter.

Je m'appelle Paule

Née le 6 août 1947.

Sous une chaleur écrasante.

Je ne sais pas combien je pèse ni si je vais bien.

Je ne sais pas ceci, et je ne le saurai jamais.

Ce que je sais ? Peu. J'ai été amnésique pendant 68 ans.

Je vous fournirai les détails à mesure que mes souvenirs s'éveilleront.

Tristesse, violence, enfance sans amour sont le quotidien de ma misère et sont enfermées dans mon cerveau.

Toute ma vie a été faite d'embûches, mais une psychologue va m'apporter un soutien exceptionnel et donner enfin un sens à ma vie et me faire accepter mon passé.

Avec elle, je pars à la découverte des faces cachées de ma mémoire.

Venez je vous y emmène, mais accrochez-vous, c'est assez dur.

Cet ouvrage lui est dédié

CHAPITRE 1

Ma naissance

Je commence par le début. Evidemment !

Je ne suis pas un bébé comme les autres. Je ne pousse pas de cris.

Pendant six ans, je suis muette, je ne parle pas, je ne sais pas pourquoi.

Je vais essayer d'expliquer l'origine de mon état.

Ma génitrice (je ne peux que l'appeler de cette façon), portait deux enfants en elle.

Un garçon et une fille, enfants qu'elle ne désirait pas.

J'avais donc un jumeau, d'où le manque que j'ai toujours en moi…

Notre père m'expliquera un jour que sa femme a tout fait pour nous perdre, mais je me suis accrochée ! Hélas, mon frère était plus faible, il n'a pas résisté et il me quittera. Il se serait appelé Philippe pour que nous ayons les mêmes initiales.

Je suis prématurée de 2 mois. Il a fallu retirer l'enfant mort pour sauver la mère et le second bébé : moi.

Mais avant de vous confier la suite, je vous présente ma famille.

J'ai quatre frères, je connais leurs prénoms mais pas leurs dates de naissance. Nous sommes tous nés à un an d'intervalle.

Notre père ne nous abandonnera jamais, il venait nous voir quand il le pouvait et nous réunissait le dimanche pour un repas au restaurant.

Il nous prenait chacun notre tour dans nos familles d'accueil.

J'avais une dizaine d'années quand je le vois revenir dans ma vie de nouveau.

CHAPITRE 2

Ma nouvelle famille

J'entre dans cette famille à l'âge 5 ans ½.

Je viens de passer plus d'une année entre l'hôpital et la DDASS, qui à l'époque, s'appelle AP (assistance publique).

Et je ne parle toujours pas…

Je suis une enfant qui ne sait pas jouer, j'observe avec méfiance les adultes autour de moi, je communique par le regard, les traits du visage, les expressions et la gestuelle.

Je suis une petite fille qui ne sourit jamais.

Petit à petit, je vais apprendre à m'amuser avec des enfants comme moi, avec lesquels je suis plus à l'aise et moins dans la peur.

Je suis de santé fragile, à maintes reprises dans mon existence je vais frôler la mort qui ne veut pas de moi. Je vais toujours me relever.

Je suis suicidaire, je m'autodétruis par des entailles sur les bras avec des objets tranchants. Ceci a cessé depuis mes visites auprès de ma thérapeute, femme que je vais souvent évoquer dans cet ouvrage.

CHAPITRE 3

MON ARRIVEE DANS MA NOUVELLE FAMILLE

Des inconnus viennent me chercher à Versailles, direction l'Essonne.

Deux heures de route en voiture, je suis surprise, c'est la toute première fois que je monte dans une automobile !

Je découvre la nature, l'herbe, les champs… Du jamais vu !

Emerveillement pour moi…

Je trouve bizarre de changer de parents, je ne comprends pas vraiment, mais ceci est peut-être normal.

Toujours sur la défensive, je ne laisse pas qui que ce soit me prendre dans ses bras, je pique des colères, de peur.

Même à ce jour, bien des décennies plus tard, je crains les personnes que je ne connais pas, je ne supporte pas l'emprise de l'enlacement, je ne suis pas tactile.

J'arrive dans ma nouvelle demeure, je suis apeurée par ces étrangers qui m'attendent devant la porte.

Ils sont informés de mes problèmes de langage, mais ignorent que je suis anorexique. Je pèse treize kilos et suis hyperactive.

J'ai peur d'autrui, un petit côté autiste léger dû à la maltraitance.

J'arrive donc dans cette nouvelle famille et suis complètement perdue. Personne ne peut m'approcher.

Comme un petit animal apeuré, je vais me réfugier dans un recoin, derrière une cheminée, recroquevillée sur moi-même.

Mes nouveaux parents ne me brusquent pas, sans doute avertis par la DDASS de mon passé effrayant.

Une femme s'approche de moi avec douceur, je ne ressens aucune agressivité de sa part.

Ma future grand-mère !

Elle me parle calmement d'une voix agréable et si douce à entendre.

Petit à petit, je vais m'attacher à elle. Elle a réussi à briser la barrière de la méfiance.

Et un enfant a besoin de donner de l'amour…

CHAPITRE 4

Grand-mère Eugénie

J'aimais énormément grand-mère Eugénie !

Elle m'a appris à sourire et jouer comme les autres enfants.

J'adorais aller manger chez elle en sortant de l'école. Je mange peu mais je suis si bien chez elle.

Je l'ai vraiment beaucoup aimée !

Je vais vous raconter quelque chose.

J'adorais aller au jardin avec elle, nous nous occupions des poules, des lapins, des chats…

Un jour elle me demande ce que je fais avec une rose je dépapillotais tous les pauvres pétales…

— Je cherche un bébé fille, tu n'as pas de choux pour que je cherche un garçon !

Et oui, on m'avait fait croire à ces sornettes, et je désirais m'en assurer.

Enorme crise de rigolade, et grand-mère m'a expliqué bien des choses...

Le rosier était tristounet, j'avais écartelé toutes les fleurs !

On ne m'a pas grondée et je n'ai jamais recommencé.

Ensuite, direction le goûter, grand-mère me faisait avaler ce qu'elle pouvait, disant que c'était déjà ça dans mon ventre !

Pépé et Mémé habitaient dans un joli et grand pavillon.

Il existe toujours, mais je me refuse à passer devant.

CHAPITRE 5

LE MIRACLE : JE PARLE !

Après quelques mois dans ma nouvelle famille dans laquelle je me sentais si bien, je ne souffrais plus.

Je suis régulièrement suivie par des psychologues et psychiatres pour enfants.

Ils prenaient des gants pour m'approcher mais ne me touchaient pas.

Je vais avoir six ans en août 1953, et le personnel médical s'inquiète pour mon année scolaire. Je ne suis jamais allée en maternelle.

Gros problème, je ne parle toujours pas et me refugie dans le silence, je m'y sens bien. J'arrive à me faire comprendre à ma manière.

Mais si je ne parle pas, je ne peux entrer à l'école !

Par miracle, un des psychologues qui me suivaient, me parle de mes frères. Je ne réagis pas. Il prononce leurs prénoms, je tressaille quand j'entends celui de Jacques. Nous sommes nés à dix mois d'écart.

Ce médecin va partir à la recherche de ce frère, et prendre contact avec sa famille d'accueil.

Un jour, lors d'une séance avec lui, mon frère est présent. Pas de réaction de ma part.

Jacques me dit :

— Paule

— Jacques

A la grande surprise et sans doute au grand bonheur de chacun, la parole m'est venue, je parle !

Bien sûr je ne vais pas faire de grands discours, mais je sais parler. La rééducation fera le reste.

Mais ce ne sera pas simple.

Je peux enfin faire mon entrée en classe préparatoire !

Les écoliers sont méchants avec moi car je m'exprime assez mal. Je suis la risée de l'école, personne ne joue avec moi. J'aime la solitude et le silence alors j'encaisse les moqueries et les méchancetés.

Mais je me fais une AMIE !

CHAPITRE 6

MON AMIE D'ECOLE PRIMAIRE

Donc je me fais une AMIE !

Elle ne me jugeait pas et me défendait face aux petits démons de l'école.

Ses parents étaient très gentils avec moi, j'allais chez eux et elle venait chez moi.

A l'âge de vingt ans, elle se marie et j'assiste à ses noces.

J'en étais fière, c'était le tout premier mariage que je voyais.

Elle était heureuse et si jolie…

Rapidement enceinte de jumeaux, je suis ravie pour elle.

Mais le jour de l'accouchement, un des bébés, un garçon, meurt et hélas emmènera sa maman avec lui.

Je viens de perdre ma seule et véritable amie…

Les obsèques seront d'une intense tristesse.

Beaucoup de difficultés pour accepter ce départ, et me remettre de ce malheur.

Elle s'appelait Christiane Debliqui.

Je ne l'ai jamais oubliée…

Je t'aime mon amie, repose en paix dans ce pays blanc entourée d'anges qui te protègent.

CHAPITRE 7

MA DEUXIEME ANNEE DE PRIMAIRE

Bon, je vais redoubler ma classe préparatoire, mon langage n'est pas très clair.

D'après les maîtresses d'école, j'ai une mémoire phénoménale ! Je retiens facilement ce qui est bon pour moi c'est-à-dire pratiquement tout.

Souci, je ne suis pas douée pour le calcul mental.

Je ne le suis toujours pas à ce jour, mais rassurez-vous, on survit !

Je me débrouillais plutôt pas mal avec les opérations mais je compliquais mes devoirs ! Quand nous avions un calcul à deux chiffres à effectuer, je rajoutais des éléments et au final, j'avais toujours le bon résultat ! Ainsi il était évident que je ne trichais pas...

Grâce aux psychologues, mon frère Jacques intègre mon école.

Malheureusement, sa famille d'accueil n'est pas agréable.

Il y est malheureux. Je faisais ses devoirs avant de rentrer chez moi afin qu'il ne se fasse pas disputer dans sa famille.

A 14 ans, il part en apprentissage, il apprendra le métier de charcutier.

Son employeur avait eu la même enfance que nous, et sera fort sympathique avec lui. Il était « comme nous. »

J'ai toujours été en relation avec ce frère.

Je suis la marraine de ses deux filles, qui toutes deux ont des jumeaux.

Et neuf petits-enfants.

Malheureusement, ce frère m'a quittée, voici quelques années. La maladie a eu raison de lui.

Je l'ai soutenu jusqu'à la fin.

Toi aussi petit frère, repose en paix.

CHAPITRE 8

<u>DERNIERE ANNEE DE PRIMAIRE</u>

Je suis en dernière année de primaire.

Je change de classe chaque année. Mon langage devient normal.

On s'aperçoit que je dessine bien, donc je suis promue au dessin pour aider les élèves.

Mes notes sont satisfaisantes, je suis douée en sciences, physique, chimie.

J'ai dessiné un squelette d'humain sans modèle après avoir énormément étudié.

Des brebis galeuses vont déchirer mes dessins. Je les refais encore plus beaux.

Toujours à se moquer de moi car je n'ai pas de parents.

Que les enfants sont cruels entre eux...

Mais j'ai repris du poil de la bête, je refuse d'être leur souffre-douleurs.

Je leur dis que c'est elles qui n'ont pas ma chance, car moi, j'ai deux papas et deux mamans !

Pendant les récréations je ne joue avec personne, je suis une solitaire.

Je me réfugie sur le bas du mur de l'école maternelle, là où les enfants sont gentils.

CHAPITRE 9

L'ANECDOTE

Je me souviens d'un moment marquant pour moi.

Une maîtresse d'école, plutôt pas commode et très dure, gifle devant moi mon frère Jacques.

En réponse, je lui balance un bon coup de pied !

— Ne touchez pas à mon frère, il n'a rien fait !

— Je ne savais pas qu'il était ton frère.

— Regardez vos fiches, nous avons le même nom de famille !

Je n'ai pas été punie, j'étais en CE2, dans sa classe.

Ecole primaire enfin terminée, certificat et brevet sportif en poche !

Je vais intégrer un lycée professionnel sur concours.

Je m'y présente et suis reçue aisément.

Changement de décor !

Mais je ne suis plus la petite fille qui craignait tout et tout le monde ! Je ne pleure plus au fond de la cour en silence.

Et je deviens la terreur du lycée !

Bagarreuse, chef de bande, je suis enfin respectée.

J'ai 15 ans, je pèse 25 kilos, et tout le monde me craint !

CHAPITRE 10

ENTREE AU LYCEE

Attention j'arrive ! Je suis donc au lycée pour quatre ans.

Je prends la résolution de ne plus « me faire marcher sur les pieds. »

Les premiers jours, je suis sur mes gardes, j'étudie chacun, mais cela ne va pas durer.

J'adore la médecine et voudrais en faire mon métier.

Il existe plusieurs branches d'orientation, je choisis la section médicale afin de venir en aide à autrui.

Au point de vue scolaire, mes notes sont bonnes, tout se passe bien, j'ai plaisir à étudier.

Mais dans les écoles de filles règne la jalousie !

Certaines vont me provoquer, mais elles tomberont sur « un os », c'est le cas de le dire, vu mon poids.

Les choses ont changé, c'est moi qui défends les opprimées.

Je ne suis pas très grande, très maigre, mais j'ai beaucoup d'énergie, et plutôt la main leste.

Pan, un coup de pied, bing, une claque, certaines se sont retrouvées au sol, bien surprises, et elles ont déguerpi !

Plus personne ne me cherche des ennuis, certaines nouvelles arrivées vont vite comprendre !!!

Je suis devenue la terreur du lycée !! Si on me regarde de travers, je sors de mes gonds rapidement. Je me révolte enfin.

Hargneuse, bagarreuse, la petite fille a fait bien du chemin.

Et surtout je défends les petites persécutées, je me révolte que l'on puisse agresser les plus jeunes.

Certaines venaient me chercher en cas de conflits pour les régler.

Un jour au réfectoire, une élève plante sa fourchette dans la main d'une fillette. Les premiers soins ont été pratiqués à la victime sur place.

A la sortie de la classe, nous sommes neuf filles à attendre la coupable derrière la porte. Je l'attrape par ses vêtements et je lui fais une « tête au carré ».

Elle a eu la peur de sa vie ! Je la conduis au bureau de la surveillante générale qui a eu vent de mon exploit. La coupable ne dit rien de la correction infligée, et sera renvoyée.

Je suis toujours là pour aider mon prochain.

CHAPITRE 11

LE CLOWN

Je suis devenue le clown et le pantin agile qui fait rire tout le monde.

Y compris les professeurs et surveillants.

J'avais ma petite réputation !

Un jour, sous le préau, nous nous mettons en rang pour l'appel avant d'intégrer notre classe, et soudain, je me mets à imiter un enfant qui chante !

Faire l'andouille pendant un silence total !

Je chantonne « *Mon petit Gonzales* » d'une voix de jeune enfant...

La surveillante a cru que sa propre fille chantait !

Fous rires dans tout l'établissement...

Cette dame me fait sortir du rang pour me féliciter mais il n'est pas l'heure de jouer les Caruso, et m'a laissée entrer dans ma classe.

J'appréciais cette personne mais je détestais la directrice qui ne m'intimidait pas.

J'adorais amuser la galerie et depuis tout ce temps, je continue !

Une autre blague avec une professeure, en pédiatrie :

Elle cherche désespérément le bébé utilisé dans notre classe pour ses cours. Pas de bébé !

Aux rires des élèves, elle saisit de suite que je suis, peut-être, sans doute, surement, un peu beaucoup coupable !

— Mademoiselle Pilard, c'est encore un de vos tours ?

— Madame, il s'ennuyait tout seul.

Monsieur bébé était à mes côtés, sous mon manteau !

Je ne suis pas une mauvaise élève, surtout en médecine, je suis dans mon élément. Je suis reçue au brevet de secourisme, et étais souvent le cobaye sur le brancard.

Par contre, je suis, souvent « collée » pour mes pitreries, 60 heures en un an ! Mais je n'effectue que les trois premières heures, une copine falsifiait les bulletins de sortie...

CHAPITRE 12

MES STAGES DANS LES HOPITAUX

En seconde année, commencent mes stages dans divers établissements hospitaliers.

C'est du sérieux, pas de droit à l'erreur, je mets donc mes bagarres de côté.

Je me fais rapidement apprécier des infirmiers, médecins et professeurs que je côtoie.

Je me plonge dans ce travail qui me plaît, je flotte sur mon petit nuage.

Petits aperçus du stage...

Je soigne un jour un jeune homme de mon âge, gravement brûlé aux jambes. Mais voilà, ce qui devait arriver arriva : nous sommes amoureux !

Pour moi c'est une histoire impossible, je demande à changer de service.

En chirurgie, un professeur d'une cinquantaine d'années, me prend sous son aile, nous nous apprécions réciproquement.

Un jour il me fit examiner un patient, et j'annonce mon diagnostic. Crise de rires, je me suis trompée de boyaux !

Je n'ai jamais été à l'aise avec cette partie du corps, je préfère les os.

Le malade riait à pleins poumons, mais moi j'étais plutôt gênée !

— Ce n'est pas grave, c'est ton premier jour ! Tout le monde peut se tromper, et tu te débrouilles bien.

Et une petite tape sur l'épaule pour m'encourager…

CHAPITRE 13

SERVICE PEDIATRIQUE

Je vais bien me plaire dans ce service !

Je jouais avec les petits pour leur faire oublier quelques instants leurs maux et malheurs.

Je faisais le clown et ils riaient...

Que cela me procurait de bonheur de voir des sourires sur leurs petites lèvres...

Mais ils étaient si tristes quand je devais les quitter.

J'ai encore en moi leurs bouilles rondes, leurs bras tendus, les mots doux qu'ils me murmuraient...

J'étais leur seconde maman dans cette chambre d'hôpital.

Un enfant, c'est de la sincérité, il demande une petite dose d'amour mais en retour il en apporte tant...

Quelquefois, j'entends encore leurs rires, 20, 30 ou 40 ans plus tard, ils ont leur jardin secret dans ma tête, une petite place juste pour eux dans mon cœur...

Je leur ai donné de la tendresse, ils m'ont rendu de l'amour pur.

C'est beau, c'est rare, c'est la magie des petits...

CHAPITRE 14

SERVICE PSYCHIATRIQUE POUR ENFANTS

Je suis très surprise quand j'arrive dans ce milieu.

Tous les enfants se ressemblent et je demande à la surveillante s'ils sont frères et sœurs.

— Mais non, ce sont des enfants trisomiques.

C'est la première fois de mon existence que je rencontre de telles personnes.

Et ce stage se déroule sans problème avec eux.

Je fais également une formation avec des enfants autistes, et je vais adorer ce moment !

Quelque chose de spécial m'attire vers eux, je ne sais quoi.

Je vais m'y attacher plus que je ne le devrais...

Pourquoi je me sens si bien en leur présence ?

Et je fais de même le stage en pharmacie en milieu hospitalier.

Oh que ceci me plaît !

C'est une grande responsabilité, je prépare les médicaments des malades, il ne faut surtout pas commettre d'erreurs.

Je suis consciencieuse et sérieuse, je n'ai jamais eu le moindre souci.

CHAPITRE 15

LES PERSONNES AGEES

Je suis désignée pour faire un stage auprès des personnes âgées.

Je suis trop jeune pour approcher les défunts.

Chacun appréciait ma petite bouille !

Un monsieur relativement âgé, ne voulait personne d'autre que moi pour ses soins et les repas.

Un samedi, quand j'étais encore lycéenne, la directrice m'avait priée de me rendre auprès d'un patient hospitalisé qui refuse de manger. Ce dernier me réclamait et uniquement moi.

Je me suis rendue à son chevet, c'était magique de voir ce vieux bonhomme afficher un énorme sourire quand il m'a aperçue ! Je suis restée longtemps à discuter avec lui, je lui explique je ne suis pas chaque jour en stage, et que je suis venue uniquement pour lui.

Il me prend dans ses bras et me serre contre lui. Je ne le repousse pas, une larme coule sur son visage.

Je suis émue, je pose un bisou sur sa joue fanée, (et pourtant je suis avare de câlins).

Il s'apaise, me sourit et s'endort.

Je rentre chez moi toute contente de ma bonne action.

Le lundi suivant, la directrice me demande de la rejoindre dans son bureau.

Elle me félicite et m'apprend que ce monsieur est décédé la veille.

Je suis bouleversée, j'ai été sa dernière visite, il m'avait choisi pour partir serein. Il m'avait dit au revoir à sa façon...

Il est parti paisiblement avec mon souvenir dans son cœur malade.

J'avais une attache facile avec les patients que j'approchais.

Je n'ai jamais oublié ce vieux monsieur.

D'autres stages s'ensuivront dans divers hôpitaux. Je suis très appréciée par les patients, mes rapports de stage sont excellents. J'aide les gens qui souffrent moralement, physiquement et mentalement.

Je passe les moments les plus beaux de mon existence.

CHAPITRE 16

NOUVELLE GALERE !

Et ça continue encore et encore…

Je suis en dernière année avant le bac, et je désire poursuivre mes études médicales.

Tout se poursuit normalement, quand soudain je suis convoquée par l'AP, assistance publique.

Mais que me veulent-ils ? Je m'y présente bien proprette.

– Vous ne pouvez continuer vos études pour des raisons financières.

Je vis dans l'Essonne et j'ai besoin d'une chambre car je suis trop loin de Créteil.

Tout s'écroule autour de moi ! Me vient une envie de tout casser…

– Vous n'avez pas le choix, vous devez trouver un emploi.

Où je vais chez les religieuses pour faire des ménages ou je suis retirée de chez mes parents.

Je ne me contrôle plus et ma colère explose contre eux.

La directrice me demande de l'attendre dans le couloir. Je prends ma souffrance en patience et j'attends.

Après le départ des autres personnes, elle crie :

– Je ne sais pas ce qui me retient de te gifler !

– Madame, si vous levez la main sur moi, je me rebiffe !

– Vous serez convoquée devant le Conseil de disciple !

– Je n'en ai rien à foutre !!!

CHAPITRE 17

CONSEIL DE DISCIPLINE

Ils sont tous là, les bons et les mauvais …

Je n'ai pas peur, mais j'ai un trop plein de colère !

Ma future carrière de médecin vient de s'arrêter en quelques secondes… Ils ne savent pas ce qu'ils ont perdu.

A l'unanimité, les professeurs désirent que je continue me études et prennent la décision de me garder quelques mois, jusqu'à la fin de la session.

Peine perdue, je ne suis qu'une « Môme de la DDASS », je ne suis bonne qu'à exercer un emploi !

Je décide alors de quitter les lieux immédiatement, et donne ma démission. Je pars sans passer le bac, sans attendre la fin de l'année.

Je n'ai pas besoin du bac pour nettoyer la « m… ». Je reste polie !

Je ne salue personne, je suis anéantie, je trouverai bien un travail toute seule, je sais me débrouiller !

J'ai une énorme dose de haine et de rage au fond de moi, je vais exploser !

Mes parents ont été très contrariés du comportement de ces enseignants.

Une énorme déception se transforme en déprime.

A l'insu de ma famille j'avale des médicaments, je ne veux plus me réveiller !

Quand je rouvre les yeux, un médecin est près de moi.

– Te revoilà enfin, tu reviens de loin.

Des psychiatres me feront un beau discours, mais je reste indifférente, le mal est fait, oui je vais survivre, mais je ne suis plus la même…

CHAPITRE 18

MA PETITE SŒUR

Une petite sœur est arrivée près de quatre ans après moi.

Sœurs de lait !

Nous sommes élevées ensemble.

J'ai toujours protégé cette petite blondinette aux cheveux blonds et aux yeux bleus.

Je ne laissais personne lui faire du mal ou lui causer des ennuis.

Lors de mes soucis précédents, elle pleurait à mon chevet.

Elle est toujours ma blondinette et moi sa soeurette !

Toujours la grande sœur protectrice, sacrée Paule !

Nous sommes toujours très proches depuis toutes ces années, et nous avançons dans l'âge de la même manière !

Sa famille est la mienne, ma famille est la sienne…

« Je t'aime franginette »

Avant de me lancer dans la vie professionnelle, je tente de me m'engager dans l'armée française.

J'aimerai me lancer dans l'humanitaire, j'adore aider les gens dans le besoin, les soigner si nécessaire.

Encore une déception !

Il faut mesurer au minimum 1.55 mètre, chic je mesure 1.56 !

Mais tout se complique quand je monte sur la balance !

Le poids minimum requis est de 45 kilos.

A 21 ans, j'en pèse 33…

On me trouve trop chétive, mais active et réfléchie.

Je dois prendre 12 kilos pour me représenter, j'ai déjà du mal à prendre 100 grammes…

La série noire continue mais est loin de se terminer !

CHAPITRE 19

J'AI UN TRAVAIL !

Je trouve un travail, employée dans un atelier de confection pour enfants.

Je ne sais pas ce que je fais là, mais je n'ai pas le choix !

J'ai toujours eu horreur de la couture, je disais souvent que ce serait le dernier métier que j'aurais envie d'exercer.

Mais il sera le premier, je vais apprendre beaucoup de choses, et sincèrement je ne regrette pas.

Je confectionnais des vêtements et des costumes.

J'enregistre les détails d'un vêtement pour enfants, je le transforme un peu et je m'habille ainsi.

Pas très difficile, je porte la taille 14 ans.

Je deviens un bon élément.

Nous sommes chronométrées sur le montage des pièces. Sur 80 personnes, j'occupe la seconde place.

Un jour, avec les collègues, nous faisons grève, cadences infernales. Arrêt des machines.

Et nous gagnons !

Petite augmentation et diminution des cadences.

Fini le chrono et l'emprise étouffante.

Nous n'avons pas toutes le même rythme, et cette petite mésaventure pour notre employeur a arrangé tout un chacun.

Dans un atelier, il y a évidemment des jalousies.

Bon moi aussi j'en envie certaines, mais comme je suis souvent sur des charbons ardents, il vaut mieux ne pas trop me chercher des poux dans la tête !

Si on me casse les pieds, je leur montre à qui on a affaire !

Au vu de mon répondant face à leurs remarques agressives, elles ont vite réalisé qu'il vaut mieux me laisser tranquille.

Il y a eu des maltraitances.

Je me suis rebellée, rebiffée, pas question pour moi de me laisser dominer !

Au bout d'un certain temps, certaines sont devenues des copines, comme au lycée.

Je me suis souviens d'une jeune fille qui a bien essayé de se dresser contre moi, elle a trouvé du répondant !

Quand on me cherche on me trouve.

Elle m'a cherchée, elle m'a trouvée !

Je l'ai attendue près du lavoir de Milly-la-Forêt, bien énervée, et je lui ai fichu la trempe de sa vie !

Je l'ai balancée dans l'eau...

Elle se retrouve toute mouillée, en soutien-gorge, et rentre chez elle pour se changer !

Chose étrange, par la suite, nous allons nous rapprocher et très bien nous entendre.

Mais j'avais fait mes preuves, personne ne se frottait plus à moi !

Elles avaient la trouille d'une nana comme moi et appréhendaient mes colères...

Maigre ou grosse, on a toutes les mêmes valeurs, et on doit être respectées.

Surtout ne pas se laisser faire, mon maître mot.

CHAPITRE 20

MON AMIE JOELLE

Dans cet atelier, je vais me faire une véritable amie. Joëlle.

A ce jour, nous sommes toujours en contact régulièrement.

Toujours aux petits soins pour moi, elle est la seule à savoir me calmer quand c'est nécessaire.

Elle se marie un an avant moi. Un fils naîtra de cette union.

J'en suis la marraine tout comme elle est la marraine de mon premier enfant, un fils également.

Nous décidons un jour de faire un second enfant... le soir même !

Nous aurons chacune une fille, qui naissent le même jour, à quelques heures d'intervalle, quel destin !

Je vais rester quatre ans dans cet atelier, Joëlle en partira plus tôt. Je décide donc de changer de travail, pour être plus proche de chez moi. Les collègues sont tristes de mon départ.

La directrice me demandera de revenir sur ma décision. Mais j'ai l'opportunité de travailler en pharmacie, mon élément.

Cette responsable a fait un geste qu'elle n'aurait pas dû faire avec moi, elle me donnera plus que mon salaire de départ afin de tester mon honnêteté.

La secrétaire m'a informée de ce geste, vu que je ne vérifiais jamais mon enveloppe contenant ma paie, je la remettais directement à maman.

Mon dernier jour avant de quitter les lieux, j'ouvre l'enveloppe contenant mon dernier salaire, et je constate que le montant contenu est plus élevé que celui indiqué sur mon bulletin de salaire. Je décide de monter au bureau.

– Qu'est-ce que cela signifie Madame ?

– Oh, il s'agit sûrement d'une erreur, me dit-elle.

– Madame, je n'ai jamais rien volé de ma vie, je ne vais pas commencer ce jour.

Et j'ai un PEU élevé la voix !

– C'est malhonnête de votre part, je suis une enfant de la DDASS mais je suis incapable de prendre ce qui n'est pas à moi. J'ai été élevée dans le droit chemin par de bons parents.

Et je quitte les lieux en claquant la porte

J'apprendrai par la suite qu'elle a souvent agi ainsi...

CHAPITRE 21

MILIEU PHARMACEUTIQUE

Mes études médicales me sont bien utiles, j'entre en pharmacie.

Je suis plutôt bien acceptée sauf par l'employée que je dois remplacer.

Le premier jour, elle me montre comment soigner un patient, sauf qu'elle en est incapable. Deux mains gauches.

— Non ce n'est pas ainsi, tu te trompes.

— Et bien, fais le toi-même, débrouille toi !

Je m'exécute et le client est satisfait.

Ouf, elle est partie définitivement.

Mon travail consiste à ranger les boîtes de médicaments, préparer les ordonnances...

Ma patronne, satisfaite de mes services, me demandera de donner les premiers soins qui se présentaient.

Un jour, un menuisier se présente avec un gros morceau de bois enfilé tout le long de son index. Ma collègue essaie en vain de lui retirer avec une pince à épiler.

– Tu n'y arriveras pas de cette façon, lui dis-je.

Elle est plutôt furieuse mais le client désire que je le soigne, moi et personne d'autre.

J'en demande autorisation à ma patronne.

Je me lave les mains, stérilise mes appareils avec de l'alcool à 90°, je prends la main de ce monsieur et délicatement, je retire la grosse écharde en prenant soin de ne pas la briser.

Il saigne beaucoup donc je lui fais un pansement de compression, et c'est fini.

– Allez chez votre médecin vérifier vos vaccins.

Et il part, ravi, avec une jolie poupée au doigt !

J'effectue aussi des livraisons aux alentours, en solex.

Papa m'avait offert ce dernier pour que je ne prenne pas le train, beau et utile cadeau.

Moi qui suis un peu casse-cou, est-ce bien raisonnable. ?

J'étais vraiment heureuse et épanouie dans ce milieu médical. De bons moments de mon existence.

Mes patrons appréciaient mon sérieux et ma conscience professionnelle.

Et leurs enfants de même.

Surtout le second, à trois ans, il était dans l'escalier tôt le matin pour guetter mon arrivée.

Il était très attaché à moi et il égayait ma vie.

Je jouais avec les deux petits quand j'étais disponible.

Je leur ai construit un chariot à roulettes avec une caisse de l'OCP, un laboratoire pharmaceutique.

J'y ai inscrit leurs prénoms dessus.

Vincent-Marie l'aîné, et François- Xavier le cadet, deux ans les séparaient.

Quelques années plus tard, une petite fille viendra agrandir la famille, Marie-Victoire.

Je n'oublierai jamais cette famille, j'ai passé de délicieux moments en leur compagnie.

J'adorais mon travail, soutenir ceux qui en ont besoin.

J'ai accompagné de nombreux enfants et adolescents, qui venaient me raconter leurs petits bobos. De corps où d'âmes.

Besoin de moi ? Je suis là !

Mes employeurs s'appelaient Monsieur et Madame Allemand.

Respect à eux.

CHAPITRE 22

MES PREMIERES FIANCAILLES

A 23 ans, je vais me fiancer !

Je travaille toujours à la pharmacie.

Nos fiançailles se font à l'église de mon quartier. Monsieur le

Curé est un ami de la famille.

– Ma petite Paule, cet homme n'est pas pour toi.

Il avait décelé chez mon fiancé un je ne sais quoi qui lui a déplu. Je ne l'ai pas écouté et j'ai persévéré dans ma décision.

Je connais mon fiancé depuis l'âge de 16 ans.

Il était le petit ami de ma copine, nous faisions quelquefois des sorties tous ensemble.

Et moi je flirtais avec un autre garçon.

Rentrant en permission, il était à l'armée, il trouve sa petite amie avec mon propre petit copain !

Personnellement je n'étais pas trop attachée à mon petit flirt de jeunesse, mais lui, tombe en déprime.

Je vais le ramasser à la petite cuillère, et j'essaie de l'aider moralement à reprendre pied.

Bon il retourne à l'armée soigner son chagrin.

Grâce à mon soutien, il retrouve le moral.

Il s'accroche à moi comme à une bouée de sauvetage, je m'attache à lui.

Et nous voilà fiancés !

Et futurs mariés !

Mais je découvre peu à peu que Monsieur le Curé avait hélas bien raison...

Ce fiancé devient d'une jalousie maladive, paranoïaque.

Je ne pouvais même plus saluer mes copains de classe !

Un jour, une altercation avec mon futur beau-frère, le fiancé de ma sœur :

– Je t'interdis de l'embrasser pour lui dire bonjour. Et de la regarder, elle est à moi !

J'étais devenue une chose, je lui appartenais.

Papa se mêle de cette discussion et ce grand possessif va se calmer quelque temps.

Un soir, je suis chez lui en l'absence de ses parents.

Enorme crise car il est persuadé que je le trompe !

Il me serre le cou de ses deux mains, je ne fais pas le poids face à lui pour me défendre.

Il me serre de plus en plus fort le cou, je ne peux plus respirer.

Je ne bouge pas afin de ne pas l'énerver davantage, souvenir d'un cours de médecine.

J'étouffe et suis au bord de l'évanouissement.

Un médecin arrive, prévenu par un tiers et lui demande de lâcher prise.

— Tu ne vas pas faire de mal à ta gentille fiancée.

Ces propos vont le calmer et il desserre sa pression.

J'étais devenue bleue, je suffoquais.

Le médecin avait fait ma connaissance à la pharmacie, et il me conseille de m'éloigner de ce fiancé dangereux pour ma sécurité.

Je lui fais retour de sa bague en signe de rupture, et notre histoire a pris fin.

Il a été interné et je n'ai jamais voulu le revoir.

Ma sœur l'a rencontré il y a peu de temps, il habite toujours la même ville.

Il s'est marié à plusieurs reprises, mais il a rencontré les mêmes difficultés avec ses épouses.

Il a dit à ma sœur que c'était moi qu'il voulait, et aucune autre femme, qu'il me cherchait depuis des années.

CHAPITRE 23

MON FUTUR MARI

Je suis un peu échaudée côté fiançailles…

Un jour, papa lit son journal et je remarque au dos, les coordonnées d'une agence matrimoniale.

J'en prends note discrètement et je me rapproche d'elle.

Je me dis que je vais épouser le premier qui me répondra.

J'ai ainsi reçu de très nombreuses réponses, un courrier abondant.

Je réserve la première lettre que je reçois, celle de mon futur et toujours actuel mari.

J'ai répondu à certaines lettres, en particulier celle d'un jeune homme handicapé, son courrier m'avait vraiment marquée.

Et il m'a répondu, me remerciant de mes propos.

Content de mes écrits, que son cœur est rempli d'espoir, il me souhaite d'être heureuse, et m'embrasse.

Je fais donc la connaissance de mon futur mari

Je travaille toujours à la pharmacie, lors d'un trajet, je suis percutée par un autre deux roues. Je reverrai mon promis à l'hôpital.

J'essaie de me relever, mais je perds connaissance.

Des passants ont appelé les secours à la pharmacie.

Ma collègue me dépose à l'hôpital, pronostic : double fracture de la tête humérale et trou dans l'abdomen, provoqué par le frein de mon solex, des petites plaies et des ecchymoses.

Je suis plâtrée du cou au bassin, bras en forme de L, un trou est pratiqué pour soigner la blessure assez importante, je n'avais pas beaucoup de chair.

Je ne souffre pas, je ne ressens pas la douleur comme chacun.

Le problème était le poids du plâtre de l'époque, plus lourd que moi ! Tout le monde en riait, même moi !

J'ai gardé ce plâtre six semaines, je suis restée hospitalisée dix jours et il a fallu trois mois de rééducation

CHAPITRE 24

MA REEDUCATION.

Après cet accident et un déplâtrage difficile, une rééducation de l'épaule est nécessaire.

Je dois prendre le train pour me rendre à la clinique qui est assez éloignée, plus une marche d'un quart d'heure.

Un jour, je me sens observée par un jeune homme plutôt agité.

J'observe son manège, je ne suis pas tranquille.

J'attends l'arrêt complet du train pour en descendre, il se lève de la banquette et en sort également.

J'avance dans la rue et il me suit, il a dû remarquer que je suis handicapée avec mon bras en écharpe, je suis la proie idéale.

Je presse le pas, il fait de même.

Je me mets à courir, lui aussi…

J'ai l'idée de passer dans un immeuble, il me suit toujours et rapidement. J'entre dans le premier bâtiment, heureusement à cette époque il n'y avait pas de digicode.

Je sonne fébrilement à une porte.

– Mais que fais-tu là toi ?

Par chance, je connais la personne qui ouvre sa porte, nous faisons nos rééducations ensemble. Je lui explique d'une voix coupée de larmes la situation. Elle me prie de m'asseoir pour reprendre mon souffle.

Elle appelle son mari et ils me mènent à la clinique tout en surveillant les parages.

Je suis prise en charge de suite, mon histoire fait le tour du bâtiment médical et la police est prévenue.

Mes traumatismes d'enfant ressurgissent par la peur, impossible de me toucher, de m'approcher…

Je n'ai plus jamais pris le train.

Un couple charmant qui se rendait à l'hôpital en même temps que moi, me prenait en charge devant la maison et m'y redéposais.

Merci à ce couple sûrement rejoint les anges.

Paix à eux.

CHAPITRE 25

PAPA ET MAMAN

Papa était contrarié, se sentant responsable de mon accident du fait qu'il m'ait offert ce solex.

Mais j'étais trop contente de mon deux roues !

J'avais des parents très attentionnés, même s'ils n'étaient pas les miens.

Jamais ils n'oubliaient Noël, j'allais couper le sapin avec papa, ni les œufs de Pâques cachés dans le jardin et qu'on aimait chercher, ni mon anniversaire...

Maman m'a appris le travail d'une femme et papa, celui de l'homme.

J'adorais bricoler avec lui dans sa cabane, construite par un frère de maman.

Je suis très adroite de mes mains.

Et j'ai aussi d'autres qualités. Je suis peintre sur tableau, à l'huile, surtout de portraits et de nature vivante.

Je construis des petites maisonnettes, chalets, village… entièrement meublés et carrelés par mes soins.

Je tricote aussi beaucoup, c'est très reposant.

Je fais un peu de couture.

Du jardinage ? Non, mon mari est paysagiste.

C'est pour lui une véritable passion.

Bon, chacun son truc !

CHAPITRE 26

Nous nous marions le 27 mars 1971.

Or, je ne suis pas baptisée ! Et je désire absolument me marier à l'église au grand dam de mon futur qui est athée... Notre ami, Monsieur le Curé nous baptisera et nous unira.

J'ai choisi, en parrain et marraine, papa et maman. Ils sont fiers et heureux de ce geste. Ils restent et resteront toujours papa et maman dans mon cœur.

Une mésaventure arrive lors du repas de mariage, on me vole mon porte-monnaie contenant mon dernier salaire. Nous soupçonnons une personne de ce délit mais décidons de ne rien faire.

Enfin nous voilà mari et femme !

Il faut s'habituer à cette vie de couple, ce n'est pas simple car nous vivons chez mes beaux-parents quelques mois. La construction de notre maison a pris du retard, pour cause de grève.

Après y être installé, ce n'est que du bonheur !

Un premier enfant, Sébastien, va venir agrémenter notre vie, le 26 septembre 1971.

Une fille nous montrera le bout de son nez le 14 juillet 1973.

Une autre fille naîtra le 10 septembre 1976.

Puis un second garçon, le 30 mars 1981. Jusqu'au troisième mois de grossesse, il y a deux bébés.

L'un d'eux grandit au mieux et le second se dessèche.

Je grossis peu, trois kilos en neuf mois, le poids du bébé.

Un an après cette dernière naissance, je perds toujours du poids.

Un curetage est effectué en urgence, l'enfant non développé était toujours accroché à la paroi utérine, desséché, provoquant de fréquentes hémorragies.

Mes enfants sont ma source de vie, ce que j'ai de plus beau au monde, je les aime plus que tout.

Avec mon mari par contre, plus rien ne va. Nous traversons des moments difficiles, pour lui son travail passe avant sa famille.

Je deviens une femme soumise et malheureuse.

Il est distant, jamais de câlins aux enfants, ni à moi.

J'aurais voulu disparaitre, je pense d'abord à mes enfants.

CHAPITRE 27

MES DEFUNTS

Grand-père n'est plus parmi nous depuis plusieurs années.

Grand-mère le suivra, je ne peux l'accompagner jusqu'à sa dernière demeure, j'ai trop de chagrin. Trop faible.

Je l'aimais tant ! Je les aimais tant.

J'ai beaucoup de tristesse quand les gens que j'aime me quittent, je ressens un sentiment d'abandon, ne plus les voir m'est insupportable.

En 1978, papa a souvent mal à la gorge et me demande de l'examiner.

J'étais pour lui « son petit médecin », il fallait que je le soigne.

Ce que je faisais toujours avec plaisir.

Mais cette fois, je comprends que le mal est là et je lui recommande de consulter un médecin spécialisé, ce serait préférable. Il avait une si grande confiance en moi que je ne pouvais lui révéler la gravité de son état.

Quant à maman, elle avait de suite compris.

Papa sera hospitalisé à l'institut Curie, et j'irais souvent le voir.

Son cancer de la gorge le ronge et il ne peut plus parler.

Un jour, il me prend les mains et nous nous regardons.

Il me dit à sa façon de prendre soin de maman. Je lui en fais la promesse, il m'a souri, nous nous sommes compris.

Son état empire, que c'est difficile de le voir ainsi.

Le lendemain lors de ma visite, je sais qu'il est mourant.

Il tire ses draps vers lui, ce n'est pas bon signe, je sais qu'il va bientôt nous quitter.

Je reste très longtemps près de lui, je lui tiens les mains, lui caresse le visage, je l'embrasse très fort.

Nous savons tous deux que nous nous voyons pour la dernière fois.

Je sors de l'hôpital en pleurs, monte dans ma voiture et hurle de chagrin.

Un inconnu s'approche de moi et me demande si je vais bien.

– Je suis dans le même cas que vous...

Maman attendait mon retour à la maison pour avoir des nouvelles.

Je lui réponds qu'il n'y a pas de changement.

Elle était restée à la maison avec ses petits-enfants, tous très jeunes.

Le lendemain matin, à huit heures, le téléphone sonne.

Papa n'est plus, il avait 69 ans.

C'était en 1979.

Maman fond en larmes, je la prends dans mes bras pour la première fois, et elle pleure sur mon épaule.

Nous allons chez elle pour récupérer papiers et vêtements et prévenir leur fille et la famille.

J'avais informé mon mari la veille que papa ne serait plus de ce monde le lendemain.

Je suis incapable de me rendre à la morgue.

Je lui dis adieu dans son cercueil avant qu'il ne soit refermé.

Je m'effondre et je fuis dehors en courant.

J'en voulais au monde entier, terrassée par le chagrin.

Mon mari vient me consoler et nous nous rendons pour la cérémonie, au cimetière.

J'ai demandé à rester seule quelques instants avec lui pour y faire mes adieux.

Je t'aime papa.

Tu me manques...

CHAPITRE 28

LE DECES DE LEUR FILLE

Papa et maman avaient une fille, Michèle, mais papa mettait toujours deux L à son prénom.

Une gentille femme qui nous considérait, ma sœur et moi, comme ses deux sœurs.

Elle se marie avec un homme violent, jaloux, toujours grincheux, désagréable et sera très malheureuse.

Suite à un grave problème de santé elle ne peut avoir d'enfants.

Elle ne peut se faire soigner, son époux lui interdit d'approcher un homme médecin, surtout un gynécologue.

Son état s'aggrave, elle entre aux urgences de l'hôpital mais il est trop tard, son cancer a pris le dessus.

Je la revois une dernière fois sous dialyse, elle est de plus en plus mal.

Je suis enceinte et elle me dit que je vais avoir un petit garçon !

Je ne peux l'approcher et je lui dis au revoir à travers la vitre, ou plutôt un adieu.

Je suis en fin de grossesse en mars 1981, elle s'éteint le 23 mars.

Elle est enterrée le 27 mars, jour de notre anniversaire de mariage.

Je ne peux me rendre à son enterrement, choquée par son décès et mon bébé ne bouge plus

J'entre en clinique le 30 mars, mon fils poussera son premier cri à midi.

Il porte en second prénom celui de papa, mon fils aîné celui de mon premier flirt, ma première fille celui de grand-mère et ma seconde fille celui d'une cousine trop tôt disparue, écrasé car une voiture.

Ma sœur et moi aidons au mieux maman, elle n'est jamais seule. Nous l'emmenons en vacances.

Elles adoraient ses petits-enfants qui le lui rendaient bien.

Un jour je réalise qu'elle a des absences.

Ma sœur et moi consultons un médecin à son insu qui effectuera les examens nécessaires.

Il s'agit bien de la maladie d'Alzheimer, celle-ci la touche comme grand-père.

Son gendre, mari de sa fille, la fera placer dans un institut spécialisé, ma sœur et moi ne pouvant nous opposer à cette décision, nous ne sommes pas de la famille.

Maman nous quittera à son tour, en 1996, à l'âge de 86 ans.

Certes j'ai beaucoup de peine, mais moins que pour papa.

Je l'avais prévenue que je ne pourrais la voir dans son cercueil, ce qu'elle avait compris.

Mon mari perdra un de ses frères.

Puis mon frère partira à son tour en 2014, je l'ai soutenu jusqu'à la fin.

Et le mari de ma sœur s'en est allé lui aussi.

Il sont tous décédés des suites de cancers.

On vit, on meurt, nous ne faisons qu'un passage sur terre

Profitons de l'instant présent, vivons à fond les moments de bonheur, petits et grands...

La vie est si courte...

Croquons là à pleine dents.

CHAPITRE 29

ANNEE COUNTRY

Je m'inscris dans un club de danse country.

Ici règne une très bonne ambiance, nous sommes tous copains et copines !

Lors de mon arrivée, le premier jour, tout le monde rit, non de moquerie mais au contraire, je me présente en faisant le clown.

— Enfin un rayon de soleil dans notre cour, dira l'enseignante.

Je m'adapte vite à ce nouveau contexte, les crises de fous rires résonnent souvent…

Mais j'ai un petit problème en dansant : quand il faut aller à droite je vais à gauche, et vice et versa. Bon mon cavalier est gaucher, il m'attire vers lui et me guide, ainsi nous ne faisons pas d'erreur !

Je suis très heureuse d'avoir intégré ce groupe. Quelquefois nous organisons un repas dans un restaurant western. Le propriétaire m'offrait souvent un cadeau, un parasol à l'effigie de sa franchise, une mascotte cow-boy… Les copines me demandaient comment et pourquoi j'étais aussi gâtée !

Rien de bien particulier, je mettais juste une ambiance du tonnerre.

Comme je ne buvais pas, je faisais le taxi.

Je n'ai jamais apprécié le goût et l'odeur de l'alcool ni celle du tabac.

Quelquefois nous étions une tablée de 20 personnes, et les clients de la salle se mêlaient à nous.

Des moments magiques et inoubliables.

Et les soirées Halloween !

Nous devions nous déguiser.

Un concours est organisé devant un jury en 2001 et je décide de réaliser moi-même mon costume.

Je choisis de me transformer en araignée, la bestiole que je déteste le plus.

Rien ne manquait : huit pattes, tentacules...

Je me cache pour endosser mon costume aidée d'une amie.

J'arrive à quatre pattes devant toute la salle.

– Je crois que le premier prix vient de passer, dit une personne dans la salle.

Chacun ignorait qui se trouvait sous ce drôle de costume.

Tout le monde a voté pour moi et j'ai remporté le premier prix sur une trentaine de candidats.

Je possède toujours la coupe, j'avais partagé le panier garni gagné avec le groupe !

Il a bien fallu que je me découvre. J'ouvre ma fermeture éclair ventrale et des éclats de rires fusent :

– On aurait dû se douter qu'il s'agissait de toi !

Applaudissements, félicitations, normal quoi !

On m'a demandé de laisser ma tenue quelques mois, mais je leur ai offerte.

Moments fabuleux, instants de bonheur dans ma vie.

Au sein de ce groupe, certains se marieront.

J'habillais ma voiture de drapeaux américains, je ne passais pas inaperçue dans les rues !

Le club se dispersera puis sera repris par une autre équipe dirigeante.

L'ambiance étant différente, nous l'avons tous quitté.

Je côtoie encore certaines personnes.

Changement de vie pour certains, situations différentes pour d'autres, voilà comment les choses se terminent.

J'ai passé des moments sublimes, j'ai connu des échanges sincères. J'ai rencontré des personnalités diverses et variées et toutes m'ont apporté une joie qui dort toujours en moi.

CHAPITRE 30

MON AMIE BRIGITTE

Mes enfants quittent la maison pour mener leurs vies.

A ce jour, j'ai quatre petits-enfants qui vivent au loin.

Lentement, une déprime s'installe en moi, je tente de la soigner par des antidépresseurs. Et ce pendant plus de 20 ans...

Je décide un jour de tout stopper et je me porte mieux.

Pendant cette période, je me fais une copine, Brigitte.

Cette dernière tient une libraire à proximité de chez moi.

Elle se donne à fond mais quelquefois n'est pas trop respectée, soit disant que *« Le client est roi ! »*.

Petit à petit, notre relation se transforme en amitié.

Nous aurons des fous rires déments, de vrais fofolles !

D'énormes éclats de rires, et le sien est communicatif.

Une femme vive et dynamique qui a eu bien des fois, sa part de problèmes.

La librairie va fermer car elle part vivre quelques mois en province.

Elle ouvre en 2014 une seconde librairie, la sienne, sans associée qui lui avait valu bien des tourments dans le commerce précédent.

Je vais souvent lui rendre visite, pour écouter son rire explosif.

Je l'assiste quand elle fait ses superbes vitrines de Noël, il est plus aisé d'être deux pour tout disposer en rayonnage.

Combien de fois j'ai essuyé ses larmes, reçu ses confidences, entendu sa souffrance... Je l'ai toujours soutenue.

Elle prendra une retraite très méritée, c'était une forçat du boulot.

Nous sommes toujours amies, même si elle habite à 200 kilomètres, nous nous voyons de temps à autre, et puis le téléphone existe et internet aussi !

Salut ma pote !

CHAPITRE 31

MES ELEVES DE PRIMAIRE

…La solitude me pèse, je dois me trouver une occupation.

Je n'ai plus de proches autour de moi, je m'ennuie, je me sens inutile et délaissée.

Un jour, une femme vient me voir :

– Gardez-vous des enfants ?

– Non madame, vous devez vous tromper de personne.

J'habite en face d'une école primaire. Une idée me trottine dans la tête, mais pourquoi ?

Et je prends une décision, je vais apporter une aide aux enfants pour les devoirs !

Je fais ceci pour leur plaisir, sans aucune rémunération.

Je les vois encore à ce jour, les plus jeunes ont 21 ans, le plus âgé a 27 ans. Ils sont devenus des adultes. Ils me rendent ainsi les bons moments passés ensemble… J'étais un Dieu pour leurs parents.

Il y avait bien un souci, le soir ils ne voulaient plus repartir chez leurs parents !

Je décide un jour de mettre fin à ceci, je ne veux pas d'autres enfants.

Je ne suis pas bien quelque chose ne va pas en moi.

CHAPITRE 32

DOC

Le médecin généraliste qui me suit depuis des années, va me conseiller de consulter un psychologue.

Je décide de l'écouter.

Je désire remercier sincèrement ce médecin, une femme extraordinaire qui m'a apporté une aide indéfectible pendant bien des années. Elle aussi partie en retraite, son cabinet a été repris par sa fille.

Avec mon goût des surnoms, j'ai appelé cette dernière « P'tit Toubib ».

Merci infiniment pour votre écoute, vos paroles, vos mots réconfortants, merci Doc !

Et oui je suis la seule à vous appeler ainsi, vous avez saisi de suite la façon de m'approcher, de me soigner.

Je vous confiais mon corps et mes peines en toute sincérité, vous avez pris soin d'eux.

Vous m'avez accompagnée sur le chemin de ma guérison physique.

Je vous souhaite une excellente retraite.

Merci Doc.

Merci.

CHAPITRE 33

MA PSYCHOLOGUE

Je me décide à rencontrer une psychologue et me rapproche de Madame Dominique Brunet que j'avais déjà vue en 2003.

Peu de visites car je dois me faire opérer d'une parotide, et je décide de ne plus me rendre à son cabinet. Grosse erreur.

Nouvelle opération, une prothèse de l'épaule.

Rééducation, kiné, contrôles médicaux… Au bout de trois mois je parviens à me débrouiller.

Lors de ma dernière visite auprès du chirurgien, je lui dis que mon cerveau ne reconnaît pas ma prothèse. Il me fait réaliser des tests et me confirme que je suis une gauchère contrariée.

Peu surprise, car à la DDASS, on me mettait la main gauche dans une chaussette pour ne pas l'utiliser.

Au moment de quitter sa salle d'examens, il m'appelle, je me retourne, il me jette un crayon que je récupère instinctivement de la main gauche :

— Et voilà, vous êtes bien gauchère !

Je suis ambidextre, j'écris des deux mains, mais je n'utilise pas la main gauche devant autrui pour éviter les réflexions stupides.

Je retrouve donc Madame Brunet en 2013 et je ne vais plus la quitter. Pendant sept ans.

Chaque semaine j'ai besoin de la voir, d'entendre sa voix, elle est mon équilibre.

Nous allons toutes deux réaliser un monumental travail de voyage dans mon passé.

Je connais enfin la réalité, le voile est levé depuis septembre 2019.

J'ai étudié l'autohypnose. Cela va m'être enfin utile.

Nous ne prenons aucun risque, Madame Brunet ne pratique pas cette médication.

Je me dirige moi-même, guidée par le contact de ses mains et de sa voix. Je mets des lunettes noires pour éviter la clarté, je ferme les yeux et au son de sa voix, je me détends.

J'entre pour la première fois dans la maison de mes géniteurs. Je ne me souviens pas de l'entrée pour le moment. Sombre et pas très accueillant.

J'entends un bruit d'enfant qui gémit.

– Que voyez-vous ?

–Une silhouette d'enfant dans un coin sombre.

Je m'approche et vois une petite fille en pleurs, elle se balance, accroupie et émets des petits sons de souffrance.

Je réalise qu'elle a dut être frappée violemment, elle est en sang, toute petite je n'ose imaginer son poids.

La psychologue me demande de la prendre dans mes bras, j'avance doucement pour ne pas l'effrayer. Je me reconnais, cette petite fille c'est moi !

Je la sors de la maison, la dépose recouverte d'une couverture dans ma voiture et je l'emmène. Elle est sauvée.

Je reviens vers ma psychologue, les yeux baignés de larmes.

– Bravo, nous avons bien avancé, me dit-elle.

Je suis épuisée et elle aussi. Séance difficile.

Nous ferons d'autres avancées dans mon enfance pendant diverses périodes. Les nuits qui précédent ces séances m'apportent des flashs.

J'ai été un enfant en manque d'amour, martyrisée par ma « mère ». Elle me détestait, me frappait régulièrement, je vomissais souvent, elle me faisait manger mon vomi. On ne m'a pas appris à être propre, ma mère me saisissait par mes longs cheveux et me forçait à manger mes excréments, me traînant au sol…

Elle me laissait tranquille quand mon père était présent, je savais qu'il m'aimait. Je suis muette, je ne peux rien lui dire.

Un jour il m'a rapporté un ours en peluche, ce sera mon seul jouet. De suite adopté, j'aimais ce compagnon qui a souvent essuyé mes larmes.

Je l'avais dans mes bras seulement quand papa était présent, ma génitrice me le confisquait avec une gifle magistrale dès son départ. Je tombais et mon calvaire continuait.

Mon ours s'appelait tout simplement « Nounours » nom donné par mon père mais je n'ai jamais pu l'appeler…

J'ai longtemps cherché à retrouver son nom qui m'est revenu subitement. Quand il était à la maison il me disait :

– Tiens, prends Nounours.

Je n'ai jamais retrouvé un ours en peluche comme lui.

Quelque temps plus tard, ma psychologue tente une nouvelle séance.

Toujours dans son bureau, j'ai très peur du canapé mais je ne sais dire pourquoi.

J'appréhende un peu mais je désire avancer et je m'arme de courage. Re-voyage dans ma tête.

Au fond d'une pièce, un rideau m'intrigue et me fait peur.

Je l'ouvre et vois un lavabo en pierre, plutôt un évier, pièce pour faire sa toilette. Il y a un énorme fouillis, on dirait un dépotoir.

J'y vois un petit lit en métal recouvert d'un matelas.

Je prends peur et demande à Madame Brunet de revenir.

— Pourquoi cette peur me demande-t-elle.

Je ne sais pas, je panique, elle ne dit rien.

Lors d'une autre séance, nous brûlerons la maison, cela ne suffit pas, le petit lit est toujours là. Quelque chose enfoui au fond de moi qui refuse de sortir…

Elle me demande de faire un dessin. Je me dessine enfant ainsi que le petit lit munis de barreaux, des petites fleurs peintes sur la tête de lit et les pieds en métal. Donc il n'a pas brûlé avec la maison… Puis un mouchoir brodé.

— Il s'agit de quoi ?

Pour elle il s'agirait plutôt d'un coussin ou d'un oreiller.

Elle me prie de m'allonger sur ce lit, je ne peux, complètement tétanisée, je ne peux ni le regarder ni l'approcher ni le toucher.

Avec le temps de beaucoup de préparation de sa part, je vais approcher ce petit lit d'enfant et nous avons besoin d'une séance plus longue car je suis prête à avancer…

D'abord, je protège le lit avec un de mes paréos, je ne peux m'y installer sachant que des étrangers s'y sont allongés.

Pendant une demi-heure, j'arpente le bureau en tous sens

Je me décide enfin à me poser sur le bord du lit. Elle observe mes hésitations.

J'ai toujours mes lunettes noires sur le nez, et je demande à baisser les volets.

Sous autohypnose, j'entre en contact avec elle. J'ai besoin du contact de ses mains. Je me décontracte. Je me relâche avec plus de difficultés que lors des précédentes séances.

Je suis dans cette maison, je n'ai pas quatre ans, il fait chaud.

Deux hommes sont présents et me disent :

— Nous allons faire un jeu, à ton âge on aime jouer.

D'autant que moi je ne joue pas souvent.

Ils se déshabillent, on me retire mes vêtements et m'allonge sur le lit.

Mes bras sont attachés à la tête de lit, mes jambes écartées et ficelées aux barreaux du pied de lit. Je suis bâillonnée.

Nous sommes tous les trois nus, je ne dois sans doute pas comprendre pourquoi.

Ils me caressent partout et posent sur moi leurs sexes en érection. L'excitation doit leur plaire, l'un me fera ça sur le visage, le second sur le bas-ventre.

Je n'aime pas ce jeu, je commence à m'agiter.

Je ne vois pas ma génitrice mais ressens sa présence.

Quand tout est terminé, les messieurs partis, elle me menace, et me décroche une énorme gifle.

De toute façon je ne sais pas parler, comment raconter cette horrible scène ?

Ces hommes reviennent une seconde fois, mais je me débats, je refuse ce jeu.

Ma génitrice me fait avaler de force plusieurs cuillérées d'un sirop qui me plonge dans un demi-sommeil.

Je ne suis pas bâillonnée, inutile je ne sais pas crier.

Celui qui est en haut du lit, a une tâche brune sur le visage, le second est d'un roux orangé. Je ne me souviens pas d'autres détails.

La séance continue mais j'ai peur, je suis angoissée.

Ils sont plus excités que la fois précédente. Celui du bas me pénètre en même temps que l'autre met son sexe dans ma bouche.

Je ressens une intense douleur dans mon bas-ventre, ce qui fait que je ferme la bouche et que je mords le pénis du second.

Il me gifle très violemment et je m'évanouis.

Quand j'ouvre les yeux, ils sont partis, je vomis ce qui est dans ma bouche.

Ma génitrice me frappe à maintes reprises pour ce que j'ai fait à cet homme. Je ne compte plus ses coups, je suis son souffre-douleur.

Je suis toute petite, maigre à faire peur, à 6 ans je pèse 15 kilos.

Je ne vais pas en maternelle et ma génitrice profite de l'absence de mon père pour me faire du mal. Elle se servait de moi pour gagner de l'argent. Je n'ai jamais revu les deux hommes. Avec cette affaire monstrueuse, je tombe gravement malade. Primo infection je ne peux plus « servir ».

Mon père l'avait avertie de cesser d'être sans cesse sur mon dos, il ne savait pas le pire mais l'apprendra plus tard.

Un matin, il part au travail, ma génitrice est mère au foyer, et présente uniquement pour faire souffrir sa seule fille puisque j'ai quatre frères.

Pas tranquille, contrarié, mon père fait demi-tour et revient à la maison, elle est en train de m'étouffer avec un oreiller, celui que j'ai dessiné pendant ma thérapie.

Il la met à la porte, et appelle les secours, je ne peux plus respirer. Quand j'ouvre à nouveau les yeux, j'aperçois une ambulance avec une croix rouge.

J'ai encore la force de me relever et de me cacher derrière le poêle, je ne suis pas grosse, je m'y glisse.

Une quinte de toux me trahit, mon père me trouve, me relève, je tends mes bras vers lui, il pleure et je m'évanouis.

Je suis emmenée sous oxygène à l'hôpital avec mes frères.

Je suis sauvée de justesse et je resterai plusieurs mois entre l'hôpital et la DDASS avant de trouver une famille d'accueil.

Mon père me fournira des années plus tard toutes les informations concernant ces faits.

Voici le récit des découvertes que Madame Brunet et moi avons faites sous autohypnose.

Je dois reprendre pied, par peur j'ai coupé le contact avec elle. Je suis recroquevillée dans un coin de son lit. Je la supplie de venir me chercher, j'ai besoin d'elle et de ses mains pour revenir à la réalité. Son contact m'est indispensable.

Elle m'aide à me relever, je suis perdue et désorientée.

Je la cherche, je me retourne et la vois, mon cœur crie.

– Enfin vous êtes là !

Elle me prend dans ses bras comme la petite fille de quatre ans que nous venons de rencontrer.

Je pleure, elle me caresse les cheveux, et m'embrasse.

Je réalise plus tard que je ne laisse personne m'approcher ou m'embrasser. Je suis fatiguée mais apaisée.

Je n'ai aucun souvenir des mois passés dans divers établissements, je suis séparée de mes frères.

Je revois une scène, dans une cour d'école pour filles. Je vais dans un coin derrière les toilettes d'où je pouvais voir et approcher mon frère Jacques, dans la cour réservée aux garçons. Je mets ma petite main dans un trou du grillage pour prendre la sienne pendant les récréations.

Je ne laisse aucun étranger m'approcher, je hurle et je pleure…

CHAPITRE 34

LA VENUE DE MON PERE

J'ai appris par la suite que mon père avait été placé en garde à vue.

Sans doute avait-il été suspecté d'être à l'origine de mon état.

Ma génitrice a dénoncé les coupables, peut-être a-t-elle fait de la prison, je ne sais pas mais ceci me fait du bien de le croire.

Et je ne ferais pas de recherches maintenant.

D'après des papiers de famille que je vais récupérer, elle serait décédée à l'âge de 51 ans.

Notre père n'avait pas le droit de nous voir, je le revois quand j'ai dix ans.

Quand il se présente pour la première fois à la maison pour me rencontrer, maman lui demande d'être patient avec moi. Il ne faut pas me brusquer.

Je vois un monsieur qui me regarde tendrement, il me semble que je le connais, mes souvenirs sont bloqués ou confus.

Il essaie d'établir un contact, le son de cette voix ne m'est pas inconnu, mais je ne sais pas qui il est.

Je refuse qu'il m'approche.

Je ne lui parle pas mais je le regarde fixement.

Il essaie de me parler :

– Je suis ton papa.

Etonnée par ces mots, je réagis :

– Papa !

Et il éclate, en sanglots.

Maman lui demande comment il se porte.

– Merci, je vais bien.

Quelle ne fut ma surprise au son de cette voix sur laquelle je pose enfin un nom et un visage…

Enorme étonnement pour moi et immense joie pour lui, il ne savait pas que je parlais.

Chaque dimanche, il va chercher mes frères, puis moi.

Il utilise les transports pour passer quelques heures avec nous, mes petites jambes ne me permettaient pas de marcher beaucoup.

Ils nous emmenaient déjeuner au restaurant, toujours le même.

Par la suite, il a essayé de récupérer ses enfants, mais je ne voulais pas aller chez lui. Il n'a pas eu gain de cause pour ma garde et je suis restée chez papa et maman.

Notre père devait être très malheureux de nos situations et devait culpabiliser également.

Il racontera ses chagrins à l'alcool et sombrera peu à peu.

Je ne sais pas à quel âge il décédera.

Aucun de nous n'est allé à son enterrement.

De toute façon j'en aurais été incapable, je suis toujours de santé fragile.

CHAPITRE 35

LA SANTE ET MOI

Il ne faut pas s'étonner que j'aie des soucis de santé, de ma naissance à ce jour.

La parole me vient à l'âge de six ans.

La primo infection contactée par les deux violeurs était un problème grave.

Suivirent des rhumes à répétition qui se sont aggravés par manque de soins.

Les coups subis par ma génitrice et restés sans soins se sont infectés.

A 6 ans je développe une forte fièvre et je vais tomber dans un semi coma. Et sans oublier un sacré scorbut.

Le médecin passe plusieurs fois par jour et me trempe dans l'eau. Maman prend la relève. Je suis sauvée trois jours plus tard et je m'en remets très bien.

Aucune maladie infantile ne me sera épargnée : rougeole, oreillons, scarlatine, rubéole, coqueluche…

Toujours fragile, à six ans je ne pèse que 15 kilos.

J'avale régulièrement des vitamines, du magnésium, calcium, potassium… Tout ce qui peut exister !

Mes parents étaient exigeants pour ma santé et parfois inquiets.

Un jour en désirant me couper les cheveux avec une lame de rasoir, je m'ouvre le dessus de la main. Infection dans le bras, ligne rose jusqu'au coude

Le médecin me famille me connaissait bien et me sauvera d'une septicémie certaine.

En 1970, survint un accident de la route.

En 1993, je suis opérée de la parotide, d'une glande non cancéreuse, sans gravité.

En 2003, opération totale de la thyroïde. Je suis des contrôles réguliers et je prends les médicaments nécessaires.

Et cela continue, opération d'un kyste du sein, mal réalisée et qui devra être refaite l'année suivante.

Que l'on se rassure, j'avais changé de chirurgien et dit au précédent tout le « bien » que je pensais de lui !

Une fois de plus je frôle la septicémie avec une infection de la cuisse, Direction les urgences. C'était en 2013.

En 2014, pose d'une prothèse, dans l'épaule droite.

Six mois plus tard, lors du mariage de mon fils, grosse mésaventure, un accident stupide.

J'arrive en courant, une personne se lève de sa chaise et me fait un croche-pied. Pas de sa faute, mais c'était inévitable, je finis aux urgences, fracture de l'épaule gauche.

A chacun de ces accidents, je me relève mais j'ai vu la mort de près.

Les évènements que je vais décrire maintenant, se sont passés il y a une vingtaine d'années.

Un matin dans mon lit, silence total, plus aucun bruit, pas de craquements de meubles ou de bourdonnements, une paix incroyable.

Je vois une lumière ronde au loin, je me dirige vers elle et j'entends une voix :

— Non, repars, ce n'est pas ton heure.

Je pense que mon jumeau, Philippe, mort dans le ventre de notre génitrice, s'est manifesté auprès de moi.

J'ouvre les yeux et éprouve un ressenti bizarre.

Ma première réaction a été de contacter mon cardiologue auprès de qui je viens de passer de nombreux examens.

Elle ne s'explique pas ce qui vient d'arriver. Mon cœur ne ressemble pas à un muscle mais à une boule de nerfs !

Je n'ai pas peur de la mort.

De temps à autre, une bonne crise d'asthme vient me tenir compagnie. Je suis suivie par un pneumologue.

En 2019, double hernie discale. J'ai voulu m'asseoir sur ma chaise à roulettes face à mon bureau, de façon aérienne… Le fauteuil recule et je m'écrase sur le sol en me cognant la tête sur un meuble. Fêlure du coude, deux vertèbres déplacées, cervicales touchées, et seconde hernie discale.

Je ne me suis pas ratée dans mon vol plané !

Une infiltration loupée qui finit dans le nerf sciatique…

Plusieurs mois à me remettre de ceci.

Après trois semaines, une nouvelle infiltration mais, changement de médecin !

CHAPITRE 36

MA PSYCHOLOGUE ET MOI

Je ne peux que faire des éloges de Madame Dominique Brunet, psychologue qui me suit depuis sept ans.

Elle me permet de communiquer à chaque instant avec elle, avec nos portables.

J'éprouve une reconnaissance pour elle sans limite.

Elle m'a aidée, m'aide encore à ce jour et m'aidera encore demain.

Sans elle, je ne peux avancer dans la vie, j'ai bien évidemment fait un transfert, elle remplace la mère que je n'ai pas eu.

Grâce à sans aide, je suis devenue la femme que je suis maintenant, je lui dois ma renaissance.

Je suis beaucoup plus calme, posée, stable et j'ai foi en mon avenir.

Je suis allée à la rencontre de mon passé…

Je dors beaucoup mieux, mes nuits sont moins agitées par des cauchemars, j'envoyais inconsciemment des SMS au milieu de la nuit...

Ma famille et mes amies me trouvent transformée, mieux dans ma peau et dans ma tête.

JE SUIS DIFFERENTE...

Suivre une thérapie auprès de Madame Brunet, a consolidé notre couple, nous nous sommes retrouvés et nous aimons de plus en plus.

Nous prenons soin l'un de l'autre, il est présent pour moi et je suis là pour lui.

Et ce, en toutes circonstances.

Je pourrais écrire des pages de remerciements à ma psychologue. Je continue à la consulter.

Le long chemin que nous avons fait toutes deux est bénéfique, j'ai besoin d'elle, de sa présence rassurante, de sa voix apaisante.

Elle maîtrise parfaitement sa profession et apporte beaucoup de soins à soulager ses patients.

Un jour, de retour d'un séjour en Pologne, elle m'a ramené une petite boule de poils, un petit ours en peluche que j'ai baptisé « Câlin ». Il a une bonne bouille souriante et je l'adore. Il ne me quitte jamais et est devenue une mascotte. J'y suis très attachée, je ne m'en sépare pas.

D'autant que Madame Brunet me l'a offert avec son cœur...

Sans son soutien je n'aurais jamais pu avancer dans mon existence, elle est toujours disponible pour moi.

Merci Madame.

Nous ne sommes pas amies, nous respectons cette convention de distance, nous menons nos vies et nos chemins chacune de nôtre coté.

J'ai quand même un regret : j'aurais dû fréquenter son cabinet beaucoup plus tôt, et ne pas vivre avec ce fardeau.

Dorénavant, je suis sereine. Elle continue à m'apporter son soutien, ses séances me sont indispensables.

Merci de tout cœur de m'avoir appris à vivre.

Madame Brunet m'a suggéré de construire des choses avec mes mains et ma tête, puisque je suis très manuelle.

Je vais me transformer en bâtisseuse, et je construis un grand chalet, 30x40 comprenant : salon, salle à manger, bureau, cuisine, chambre, salle de bains munie de vrais éléments sanitaires (baignoire, WC, bidet, lavabo). Tout est carrelé en mosaïque. Les toits sont gris foncé pour imiter l'ardoise.

De nombreuses personnes désirent l'acquérir et m'ont fait des offres, mais je le réserve à ma petite fille Elie.

Je fabrique également un village, mairie, presbytère, une école avec son aire de jeux. On y trouve une pharmacie, une épicerie et une boulangerie. Je fabrique moi-même les gâteaux et le mini pain…

Dans chaque habitation, je conçois le mobilier selon mes goûts.

Derrière le chalet, je vais installer une piscine, un jardin, un garage avec sa voiture.

Je fais également un autre bâtiment, un mini conservatoire. De véritables instruments de musique en miniature en vue d'un concert !

Tout ce travail de construction est devenu une immense passion. J'y 'mets mon cœur…

CHAPITRE 37

MES SAUVETAGES HUMAINS

Commençons par ma sœur.

Un jour, nous sommes chez des amis pour jouer.

Elle ne sait pas faire de vélo, mais décide quand même de se lancer. Elle s'engage sur une pente raide, face à un garage dont les portes sont ouvertes, les ustensiles de bricolage et de jardinage sont juste devant.

Elle pédale de toute la force de ses jambes de neuf ans, je n'ai que le temps de bloquer le guidon afin de tourner les roues et de stopper sa descente. Elle chute bien évidemment. Sans mon aide, elle se serait écrasée au fond du garage, et empalée sur les outils, elle aurait pu se tuer.

Un autre jour, ma sœur est plus âgée mais ne voyant toujours pas le danger, traverse la rue pour rentrer dans la maison, mais sans regarder si un éventuel véhicule arrivait.

J'ai remarqué que justement un camion déboulait, j'ai juste eu le temps de pousser ma sœur dans le bas-côté sinon elle aurait été écrasée. Le chauffeur s'est jeté contre un mur pour l'éviter.

Cette fois-ci, nous avons été punies toutes les deux.

Un jour, j'entends des cris à l'extérieur de ma maison mais n'y prête pas d'attention pensant que des enfants jouaient.

Les cris continuant, je décide d'aller voir ce qui pourrait bien se passer.

Il fait nuit, un enfant est tombé de son vélo, je lui demande s'il souffre, il réclame sa maman et s'évanouit dans mes bras.

Mes connaissances médicales me permettent de voir qu'il n'a aucune blessure grave.

Nous rentrons dans ma maison et il me demande de téléphoner à sa mère. Qui n'est autre que ma coiffeuse !

Je lui recommande de l'emmener aux urgences pour un contrôle.

Finalement il n'avait que des égratignures superficielles.

Il doit avoir maintenant une trentaine d'années, et longtemps il a dit que je lui avais sauvé la vie...

Un jour un autre enfant, âgé de 18 à 20 mois, est assis sur la bordure de fleurs devant ma maison. Inconscience de la mère qui est parti chercher sa sœur en classe de maternelle !

Je me trouvais juste à côté du bambin, j'attendais mes propres enfants qui sortaient de classe.

Le petit a sans doute pris peur en voyant tant de gens autour de lui, et a voulu traverser la route.

Une voiture arrivant, j'ai la présence d'esprit de l'attraper et de le jeter dans les fleurs.

L'automobiliste, une femme, me percute la cuisse, sort de son véhicule et me crie dessus :

— Mais qu'attendez-vous pour tenir votre enfant !

— Madame je ne connais pas ce petit, j'ai juste empêché que vous l'écrasiez !

Elle était confuse et a réalisé qu'elle m'avait touchée avec l'aile de la voiture.

— Laissez tomber madame, je vais m'en remettre.

Quand la maman du petit est réapparue, je lui ai passé un savon, mais elle ne parlait ni ne comprenait notre langue.

J'ai dialogué avec la petite sœur.

<u>Mes Mères</u> :

Ma génitrice était née le 3 avril.

Elle s'appelait Yvonne.

L'autre maman était née le 4 avril. Ma vraie maman, qui m'a recueillie, qui m'a élevée, qui m'a aimée...

Elle s'appelait Yvonne.

Le destin...

CHAPITRE 38

BETISES DE GAMINES

Quand j'ai atteint l'âge de 16 ans, nous faisions croire aux filles que j'étais un garçon…

J'étais toujours habillée d'un pantalon, je portais les cheveux court et vu mon poids, j'étais très fine.

Mais avec ceci, les filles me tournaient autour ! Elles me draguaient !

C'était très drôle pour les copines, mais ceci me déplaisait et je restais distante.

Certaines demoiselles me donnaient rendez-vous par l'intermédiaire de mes copines…

L'une d'elle était vraiment éprise de moi.

Bon, on en riait, mais toute cette mascarade s'arrêtait là, je prenais mes distances et restais dans mon petit coin.

Il est vrai que j'étais toujours sans la moindre forme féminine, toujours sur mon solex, c'était trompeur.

Quand une jeune fille me demandait mon prénom, je prétendais m'appeler Philippe, prénom qu'aurait porté mon jumeau s'il avait vécu.

Quand je repense à cette comédie, je me dis que nous sommes bien bêtes quand nous sommes jeunes...

Bien sûr je ne suis jamais allée à un seul rendez-vous, et pour cause, mais j'ai brisé bien des cœurs féminins, par amusement.

Pas drôle !

Quoique...

CHAPITRE 39

MA MARATRE

31 décembre 2019.

Depuis trois nuits, je fais des cauchemars effrayants.

Quelque chose refait surface. Des portes autour de moi mais aucune ne veut s'ouvrir. Je suis dans un labyrinthe, impossible d'en sortir, je suis prisonnière.

Je me réveille en sursaut et un flash me traverse la tête.

La mégère m'enferme dans un placard, juste un petit trou est pratiqué pour que je puisse respirer. Je suis recroquevillée sur moi-même et peux juste me balancer d'avant en arrière.

Je vomis et fais mes excréments sur de la paille, et comme à son habitude, elle me les fait manger.

Je suis une enfant du placard, dans cet endroit insalubre je suis dans le noir, je m'y sentais même bien car pendant ce temps, elle ne me bats pas.

Je suis toute petite, frêle et triste.

Je ressens au plus profond de moi que ces souvenirs sont réels, j'ai une mémoire particulière, rien ne me surprend.

Ce qui est enfoui dans mon inconscient est perturbant, mais en dérouler le fil, est salvateur.

Merci Madame Brunet.

CHAPITRE 40

UN CONSEIL SI VOUS ME LISEZ

A vous toutes les personnes qui ont vécu ces abominations, ces monstruosités sans nom, ne vous taisez plus, consultez un thérapeute.

N'ayez pas honte de votre état et de votre passé, refusez de vous taire plus longtemps, vous n'êtes pas responsables de vos traumatismes, vous êtes des VICTIMES de monstres sans âmes.

Personnellement, j'ai attendu longtemps, très longtemps, trop longtemps avant de me rendre dans un cabinet de psychologie.

L'amnésie a été une amie/ennemie inconsciente…

Laissez-vous guider par un professionnel qui sera à même de remonter dans vos secrets cachés et enfouis dans votre mémoire.

Ne pensez surtout pas que vous êtes folles, bien au contraire !

Un thérapeute n'est pas là pour vous juger, mais pour vous guider et vous apporter son aide.

Lui seul pourra tisser un lien de confiance et vous aider à remonter dans votre passé, aussi douloureux soit-il.

Faites comme moi, et ne remettez pas à plus tard une consultation bénéfique.

A ce jour, je me sens tellement mieux, équilibrée et sereine avec moi-même.

N'attendez pas.

Foncez !!!

CHAPITRE 41

LA MUSIQUE

A neuf ans, je désirais devenir chef d'orchestre.

Je battais le tempo en écoutant Strauss, Vivaldi…

J'ai joué de la clarinette, mais une opération chirurgicale mettra fin à cette pratique que je commençais à maîtriser.

Mon père génétique jouait divinement bien de l'harmonica.

Quand il interprétait un morceau, il disait toujours que c'était pour moi.

Je le regardais de mes yeux de petite fille triste et je l'écoutais…

Plus tard je vais acheter un harmonica à pistons, comme le sien Je le garde en souvenir de lui.

Mon frère aîné a joué dans un groupe, il en était le guitariste.

J'ai essayé le synthétiseur, le piano, j'ai gratté la guitare, mais ce n'était pas mon truc, j'ai revendu le tout.

Mais je sais de qui vient mon goût de la musique...

CHAPITRE 42

MON SOUHAIT

Et oui, mon plus beau rêve serait de passer une journée en faculté de médecine.

Mais il est sûrement trop tard...

Mai 2020

Paule

LETTRE DE MA PSYCHOLOGUE

Madame Dominique Brunet

« Voici bientôt sept ans que Paule et moi sommes embarquées dans ce long et douloureux périple à la recherche de ce qu'il y a de plus authentique et de plus intime mais aussi de plus caché, de plus verrouillé au cœur de son inconscient.

Nous cheminons à l'envers, à la rencontre d'une enfance brisée, bafouée, à la rencontre d'une petite fille qui a subi de telles horreurs, de tels actes innommables que pour survivre, elle n'a eu d'autres choix que d'oublier.

Mais l'oubli ne répare pas la douleur, il s'enkyste comme un fossile, envahit et gangrène corps et psychisme.

Au fur et à mesure des séances, des souvenirs très anciens ont émergé, non sans souffrance, mais chaque fois Paule se sentait plus légère, plus sereine, se délestant d'un poids qu'elle n'avait plus à porter.   Avec Paule, je n'ai pas exercé mon métier de psychanalyste de façon orthodoxe, je suis allée chercher cette petite fille de deux, trois et quatre ans dans le gouffre de l'enfer qu'elle a vécu.

Je l'ai par moment portée, je l'ai prise dans mes bras au sens figuré mais aussi parfois au sens propre.

Nous ne sommes pas tout à fait arrivées au bout du chemin, Paule a encore besoin de moi, mais j'espère pouvoir l'amener tranquillement à l'autonomie, à ce moment de pleine sérénité où se tenir seule debout ne renvoie pas à l'abandon mais à la liberté. »

Madame Brunet, la psychologue de Paule.

TABLE DES MATIERES

AVANT-PROPOS   7

Chapitre 1   9

Chapitre 2   11

Chapitre 3   13

Chapitre 4   15

Chapitre 5   17

Chapitre 6   19

Chapitre 7   21

Chapitre 8   23

Chapitre 9   25

Chapitre 10   27

Chapitre 11   29

Chapitre 12   31

Chapitre 13   33

Chapitre 14   35

Chapitre 15   37

Chapitre16   39

Chapitre 17   41

Chapitre 18   43

Chapitre 19   45

Chapitre 20   49

Chapitre 21   51

Chapitre 22   55

Chapitre 23   59

Chapitre 24   61

Chapitre 25   63

Chapitre 26   65

Chapitre 27   67

Chapitre 28   71

Chapitre 29   75

Chapitre 30   79

Chapitre 31   81

Chapitre 32   83

Chapitre 33   85

Chapitre 34   95

Chapitre 35   99

Chapitre 36   103

Chapitre 37   107

Chapitre 38   111

Chapitre 39   113

Chapitre 40   115

Chapitre 41   117

Chapitre 42   119

Lettre de Madame Dominique Brunet   121

Les bénéfices générés par les ventes de cet ouvrage, seront versés en intégralité à :

LA FONDATION POUR LA RECHERCHE MEDICALE

Créée en 1947 par les éminents professeurs Jean Bernard et Jean Hamburger.

Et reconnue d'utilité publique par décret du 14 mai 1947.

Editions BOD-Books on Demand

12/14 rond-point des Champs-Elysées 75008 PARIS

Impression BOD-Books on Demand Nordstedt Allemagne

Dépôt légal Avril 2020

ISBN 9782322211890